当代家居灯饰

郭又新 编

福建科学技术出版社

图书在版编目(CIP)数据

当代家居灯饰/郭又新编著.—福州:福建科学技术出版社,2002.1
ISBN 7-5335-1922-1

Ⅰ.当… Ⅱ.郭… Ⅲ.住宅—灯具—装饰照明
Ⅳ.TU113.6

中国版本图书馆 CIP 数据核字(2001)第 078375 号

书　　名　当代家居灯饰
作　　者　郭又新
出版发行　福建科学技术出版社(福州市东水路 76 号,邮编 350001)
经　　销　各地新华书店
印　　刷　福建彩色印刷有限公司
开　　本　787 毫米×1092 毫米　1/16
印　　张　6
字　　数　105 千字
版　　次　2002 年 1 月第 1 版
印　　次　2002 年 1 月第 1 次印刷
印　　数　1—5 000
书　　号　ISBN 7-5335-1922-1/TS·168
定　　价　26.00 元

序 言

重装饰，重配套，是当代家居设计发展的趋势。灯光设计是家居装饰配套的重要环节之一，也是衡量家居设计效果的重要标准。一个家居空间或一件装饰物体只有在灯光的作用下，其空间感才能得以延伸，其纹理质感才能得以体现。

灯光照明由主照明和辅助照明组成。主照明是室内照明系统的基础，它满足空间使用功能对照明的基本需要。简单的主照明无法营造出一间温馨舒适的家居环境，也无法满足家居中特殊功能的需要。这时需要辅助照明对主照明进行补充。辅助照明包含装饰照明和工作照明两种形式。装饰照明的作用是对房间的主装饰墙面或陈设的工艺品照射，把房间中的装饰“亮点”体现出来。工作照明指阅读、煮食等特定功能条件下所需的照明。

为配合不同照明形式的需要，宜采用形式与种类多种多样的灯具和灯泡。主照明灯有大型的吊灯、吸顶灯、筒灯、日光灯。辅助照明灯有石英射灯、筒灯、照画灯、台灯、落地灯、镁氖灯管等等。灯泡的种类有普通的钨丝灯泡、射灯的卤素灯泡、日光灯管、镁氖灯管。同一种类灯具通过不同设计的手法，在房间中的不同位置运用，可以起到不同的照明效果。如常用的筒灯，它既可以作为主照明使用，也可以作为辅助照明使用。

灯光设计与空间造型的完美结合，以及灯具与空间整体环境的和谐统一，是灯光设计的两个核心内容。前者是指“光”的运用。“光”与吊顶的错落结合体现出丰富的空间层次。“光”与墙面造型相结合，可以体现造型的立体层次和块面的虚实变化。同时，“光”在墙面上形成的不同光影形状，也是一种墙面装饰。后者是指灯具本身的造型在空间中的装饰作用。在选择灯具时应以房间的装饰风格和功能需要为前提，同时应考虑房间的形态、长宽、灯具所要摆放的位置等因素。

灯光设计是一项有计划性的系统工作，它不是简单的传统概念照明。必须把灯光设计融入到整体室内设计中去，做到光与形的统一，光与影的融合。

本书在编写过程中，得到了叶丽冰、林沁、陈志超、林晃、杨明等同志的大力支持和帮助，在此一并表示诚挚的谢意！

目录

MU LU

客厅篇

在我们的日常生活中，有许多活动在客厅里完成，如会客、休息、阅读、看电视、娱乐。客厅是多功能共享的空间，因此多种照明方式的有机结合是客厅灯饰设计的关键。

客厅的照明分为功能照明和装饰照明两个部分。功能照明指房间的主照明和工作重点照明。客厅的主照明可以选择不同的灯具来完成，如吸顶灯、吊灯、筒灯、日光灯。通常层高较低的普通客厅不宜采用吊灯，因此客厅主照明多采用日光灯槽或筒灯的照明方式，此类照明灯具必须与吊顶的造型及空间的建筑结构相结合，做到简洁含蓄、和谐统一。客厅的工作重点照明设在休息区，采用台灯、落地灯作为照明灯具，选择此类照明灯具应注重灯具的照射角度、高度和亮度的调节功能以及款式。

良好的客厅装饰照明以衬托艺术摆设和重点装饰立面为目的，可以营造出温馨、浪漫的家居休憩环境。

射灯照明和艺术品摆设相结合时，应讲究灯光照射的方向和角度，不同的方向和角度所产生的光、影不同，所表现的“亮点”和产生的艺术效果也不同。

顶部常因灯光往下照射而显得暗淡。这时可在房间的角落摆设立式朝天灯，让顶部的面变得明亮起来，并且经过顶部折射之后的灯光，显得均匀、柔和。

在大型绿化植物边上设向上照射的地灯，让灯光透过枝叶落在墙面和顶部，产生斑驳的光影效果。

■ 在灯光的照射下，丰富的雕塑肌理得以体现。

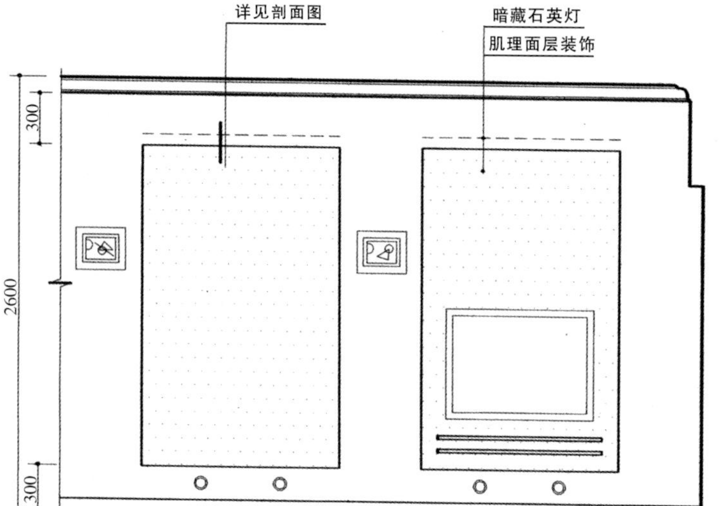

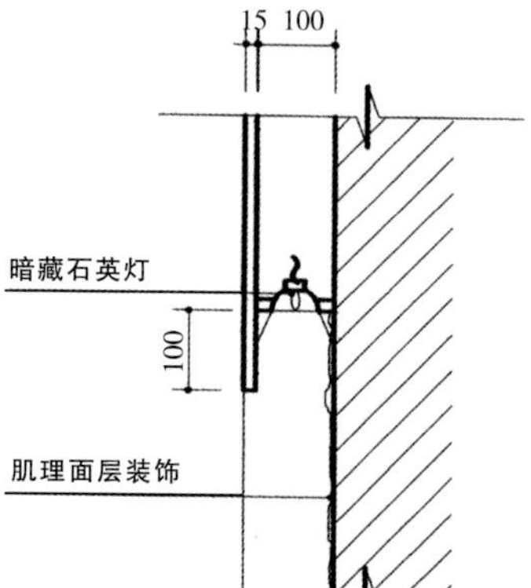

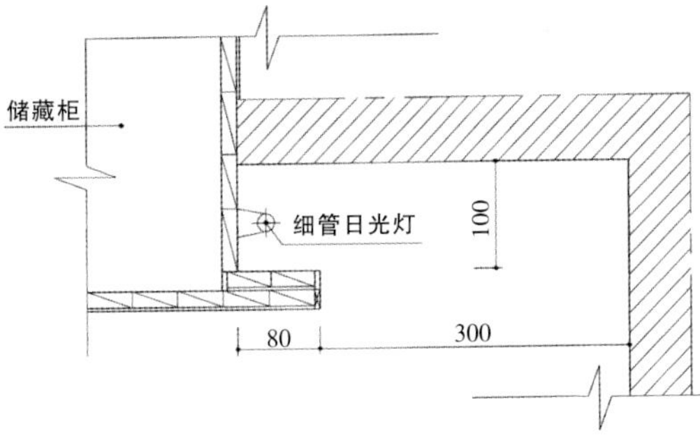

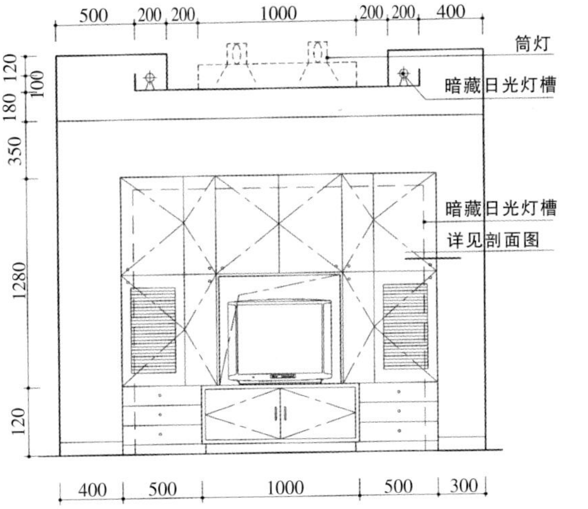

■ 灯光与形体相结合是现代家居设计常用的手法，它使光、形相互交融，显得简洁并充满现代气息。

■ 层高稍高时可采用吊灯，好的吊灯造型犹如一件悬挂的软体雕塑，能够活跃空间气氛。

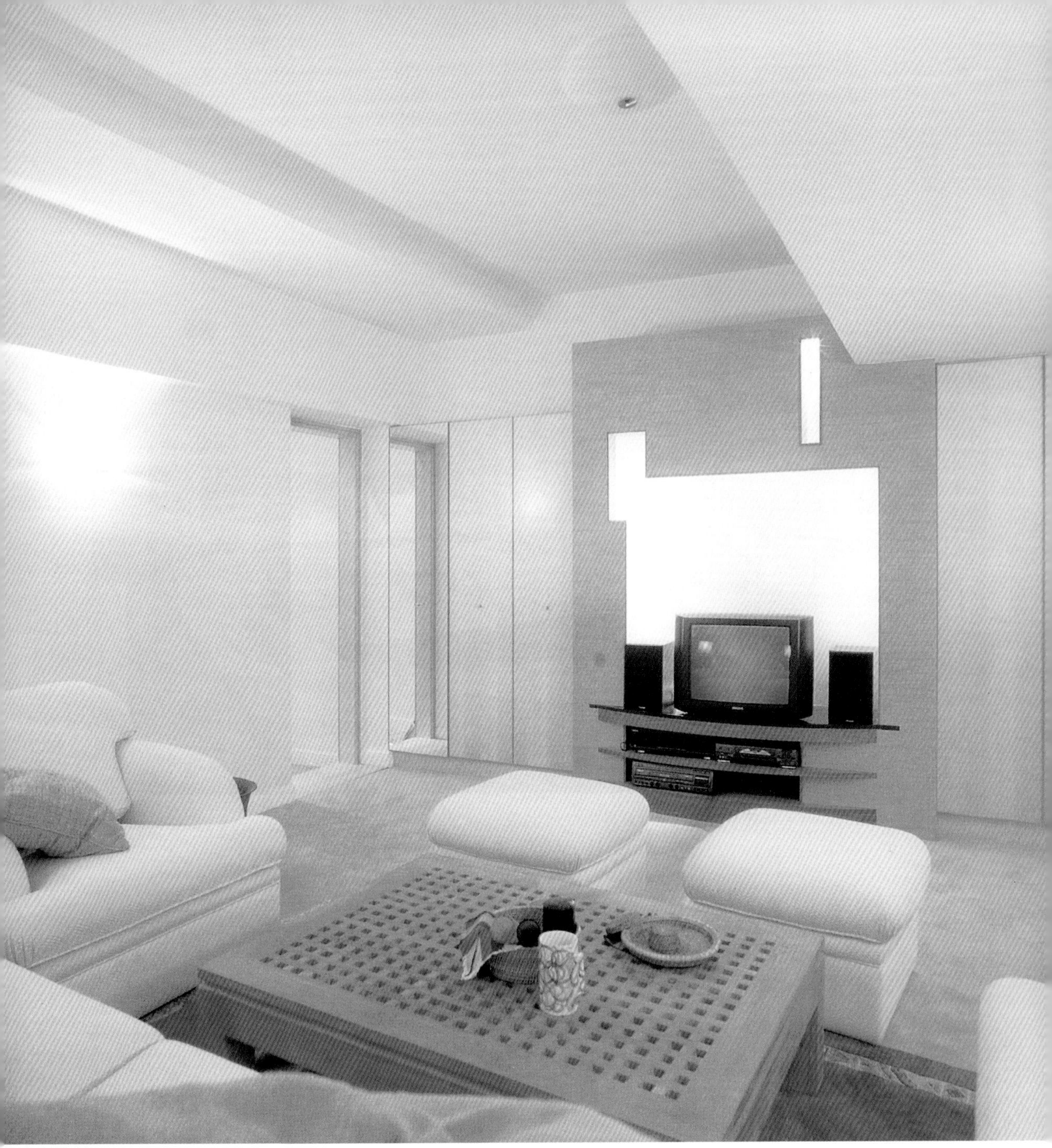

■ 灯光与造型的结合，巧妙而生动。

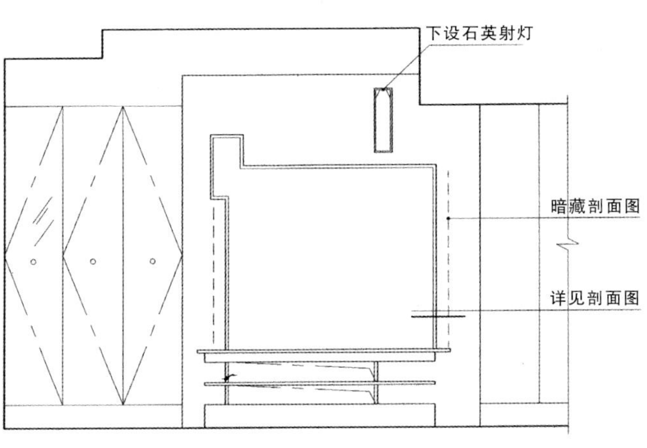

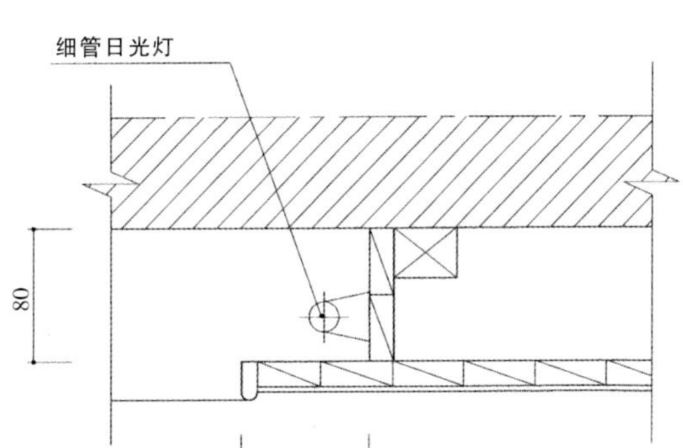

■ 运用两侧的灯槽来衬托客厅陈列柜,显得巧妙而生动。

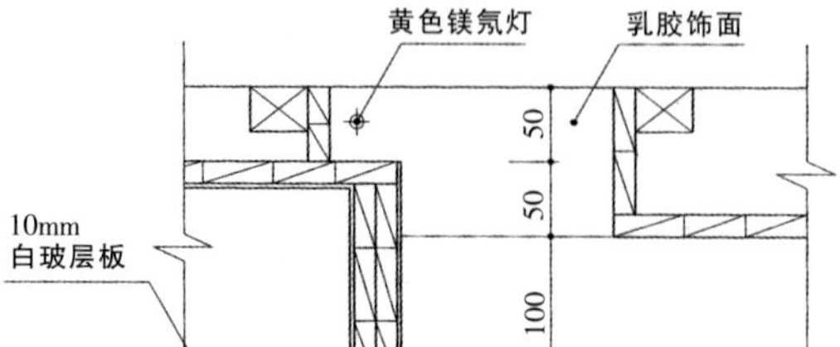

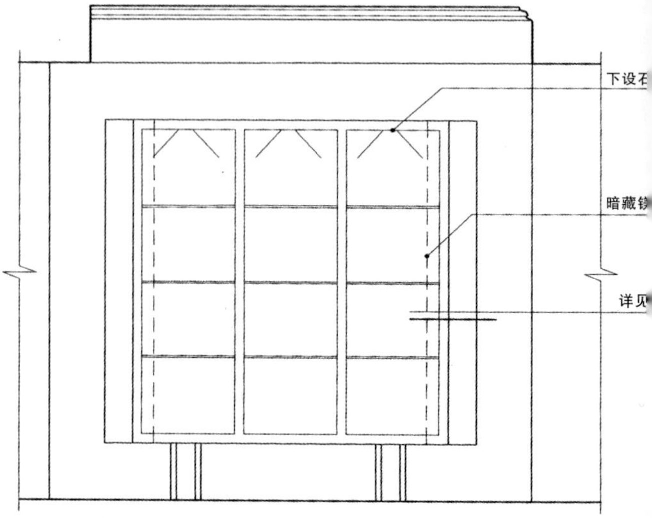

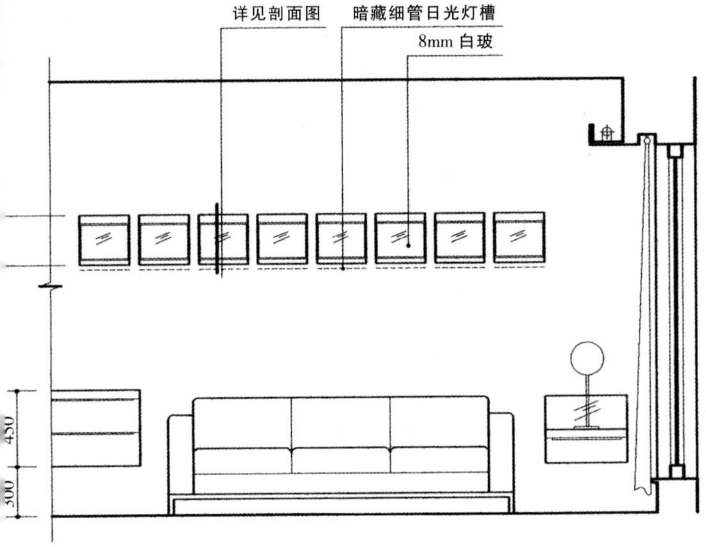

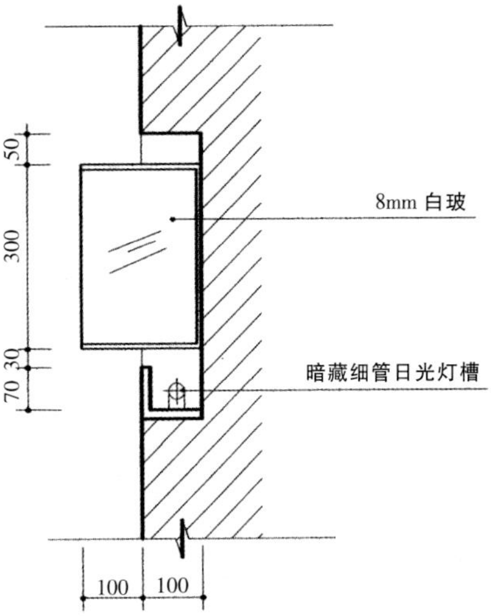

灯光映衬下的玻璃壁显得更加晶莹剔透。

顶部的灯饰如同软体雕塑。

■ 直接暴露结构梁，并把它作为构成的一部分，是十分巧妙的手法。同时结合灯光能创造更多的空间层次。

■ 安全的秘诀

如果没有百分之百的把握，不要贸然从事任何电工的工作。

当你进行家中的任何电路维修时，记得将主电源的开关切掉。在计算家庭用电的总负载电流时应考虑常用电器的实际消耗功率值。

电源导线必须是经检验合格的单塑或双塑铜心绝缘线，并穿以钢管或 PVC 难燃管暗敷。照明线路和电器线路分开敷设，以免电流过载而造成导线发热或造成较大的压降而损坏机器。

当你在连接线路时，应确定线心所接的端点是正确无误的，并且逐一查看接缝处是否吻合，有没有暴露在线皮外的线心。

■ 简朴的台灯和落地灯造型，与整体格调和谐统一。

■ 沙发的转角处垂吊着一盏圆形塔状灯具，与墙面的圆弧形扩散图案相得益彰。这种设计表现出一种抽象几何图形间的转换和统一，并通过色彩的明度渐变，使这种强烈的感觉得到升华。

■ 石英射灯与金属拉杆组合的现代灯具，具有造型轻巧、形式感强的特点，适合楼层较高的空间使用。

■ 仿卵石造型的艺术灯具。

■ 灯槽的作用应以烘托环境气氛为主，此方案中灯槽与壁橱是一种完美的结合。墙上柔和的灯光过渡充分体现空间独特的美感。

■ 在选择照明形式和灯具时主要考虑的因素

首先，要对房间的实际情况和将要达到的光照程度作出评估。房间的实际情况包括床的朝向、窗的大小、自然采光程度。将要达到的光照程度评估主要来自房间的使用功能。主要照明和装饰辅助照明是不可缺少的两个照明形式。其灯具的选择和安装位置要考虑到房间的高度、面积、吊顶的造型、艺术品的摆设位置、重点强调的立面造型以及房间的墙面、家具、布艺的色彩和装饰风格。

■ 灯具造型的配套，使空间效果整体统一。

■ 流畅的多点式顶部射灯，适用于顶部造型简洁而高度不高的居室空间。

■ 落地灯不仅是一种照明工具，也是一件艺术品。

■ 通过吊顶的光给客厅带来照明，同时对休息区和其他区域做空间上的划分和界定。

古典的烛台与欧式炉相映衬，增添一份雅的情趣。

■ 日光灯槽结合吊顶的错层设计。可以增加吊顶造型的立体感，丰富空间的灯光变化。

一点灵犀

- 主要照明灯具宜安装调光式开关,易于改变室内气氛。
- 休息区的台灯作为辅助照明，可营造出更深入的亲密气氛。
- 墙角处立一盏朝天灯，可以让空间感觉更高。
- 采用发光展台放置艺术品,可让艺术品更加精巧。
- 射灯不一定要照在艺术品上，可以尝试照亮其背景来衬托气氛。
- 休息区沙发的转角处可采用雕塑感强的灯柱照明。
- 可以将投在墙面上的光影作为艺术装饰。
- 宽大客厅的四周角落应多设电源插座,以方便将来使用。
- 设计时应考虑电视的背景灯，以保护视力。

■ 烛灯作为客厅的饰品，可增添家居的浪漫气氛

■ 客厅墙面的立体壁饰，在灯光的作用下更富雕塑感。

■ 小巧的台灯是一件不可多得的艺术小摆设。

■ 简洁的线角和几何块面构成是现代家居设计的重要手法。通过与灯光的配合使块面的层次关系分明，增强造型的立体感。

■ 灯具形态与装饰造型的统一，也是选择灯具的要素之一。

■ 选择客厅主灯时，应考虑客厅的面积、形状、层高。

■ 采光顶棚与三角造型的天花板相结合，如同民居斜坡顶的自然采光。

餐厅篇

餐厅照明的重点集中在餐桌部分。灯光亮度是否合理、灯具造型是否优美，直接影响就餐气氛。餐厅灯饰设计和灯具的选择应结合吊顶的造型和餐桌的式样。

工整对称的枝形吊灯适合对称的空间和圆形的餐桌。

枝形吊灯的点线构成富有雕塑感。

玻璃反光吊灯造型简洁、现代，灯光的亮度较为柔和。

将小巧的吊灯作连续组合排列，数量以二至三盏为宜。适合长方形餐桌或不对称的空间造型。其风格活泼、别致，富有情趣。

筒灯也可作为餐桌上方的主照明，其装饰重点在于吊顶本身造型。

主照明吊灯的选择应与空间的装饰格调统一，共同营造美好舒适的环境。

餐厅酒柜和墙面艺术品的照明灯光作为餐厅的辅助光源，可以丰富餐厅的灯光效果。

选择色彩鲜艳的灯具，可以给空间增添一份亮点，表现出主人的情趣。

■ 作为餐厅的辅助光源，酒柜和墙面艺术品的照明灯光可以丰富餐厅的灯光效果。

■ 在灯光的衬托下，主装饰墙面显得更加突出。

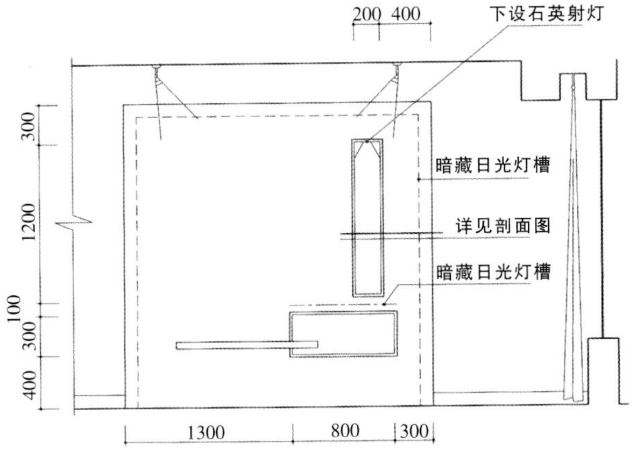

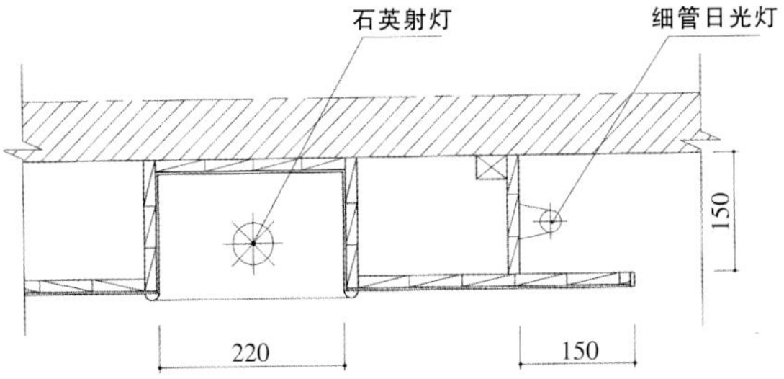

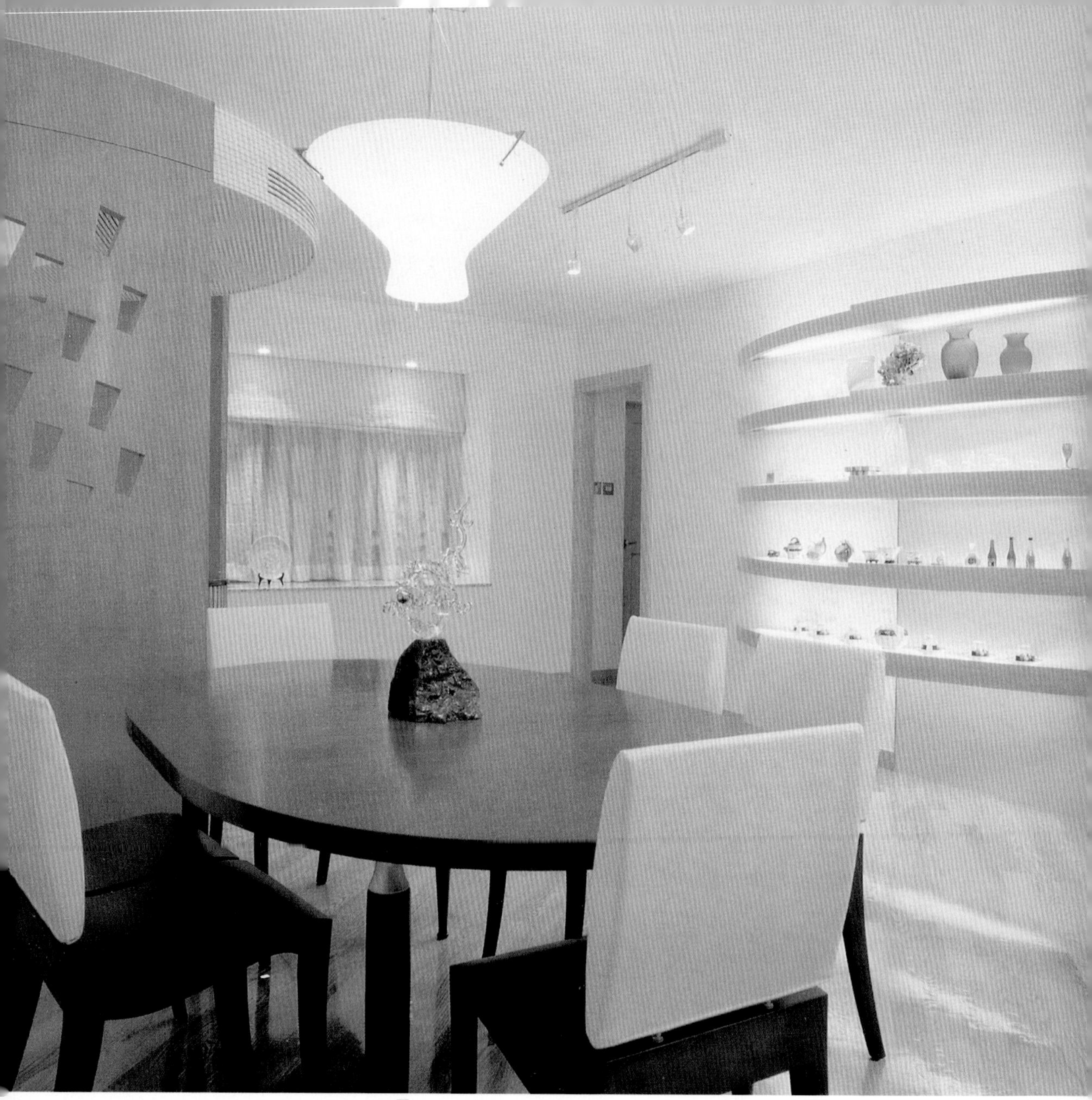

■ 展柜内置的日光灯让每一层均得到照明，更显其轻巧的流线造型。

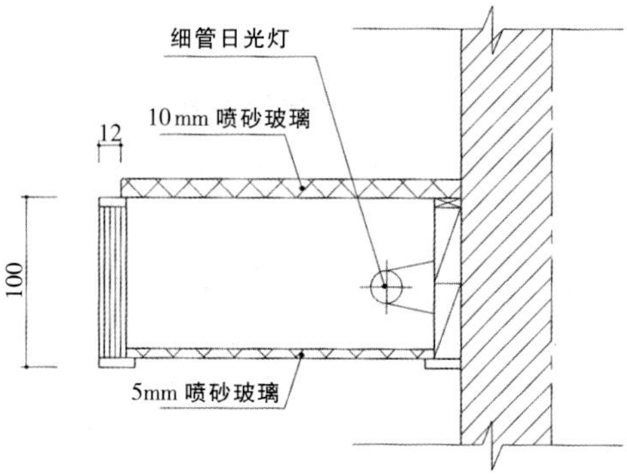

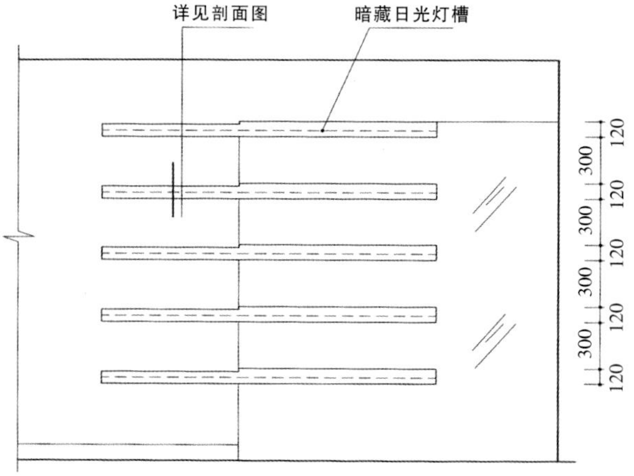

■ 调光器的安装

调光器的使用可使同一盏灯具变幻出多种不同的灯光效果，在客厅和卧室的灯光设计中经常使用。调光器的开关多数是接上一组双股线与一条接地线，而接地电流导体是连接在开关盒内的接地线端点上。将红色和黑色的电线分别接在端点上。检查一下背面的金属板面，将金属板以正确的面向安装。

■ 壁龛的灯光和一排可爱的瓷娃娃相互映衬，平添了几分精致。

■ 陈列柜上方的灯槽是空间的辅助照明，用以突出陈列柜造型。

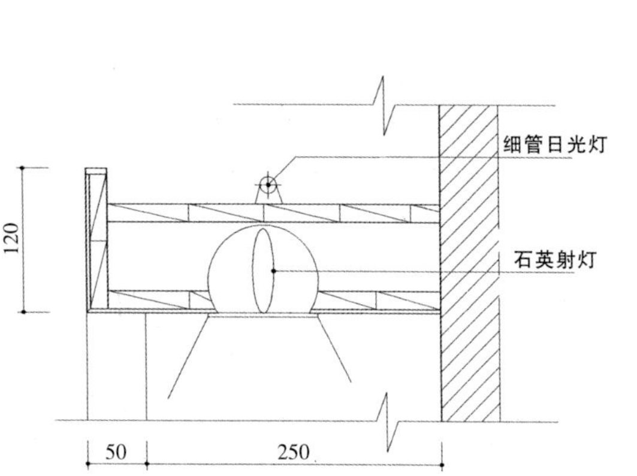

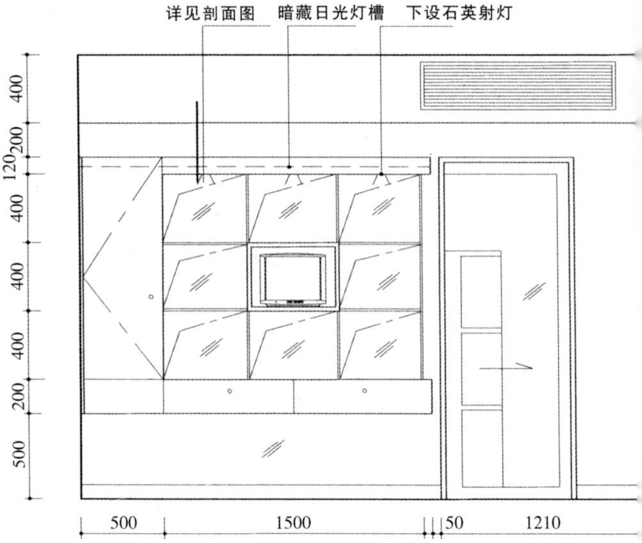

错落对应的圆形吊顶,在凹入的
置安装灯具，可产生虚实对比的
术效果。

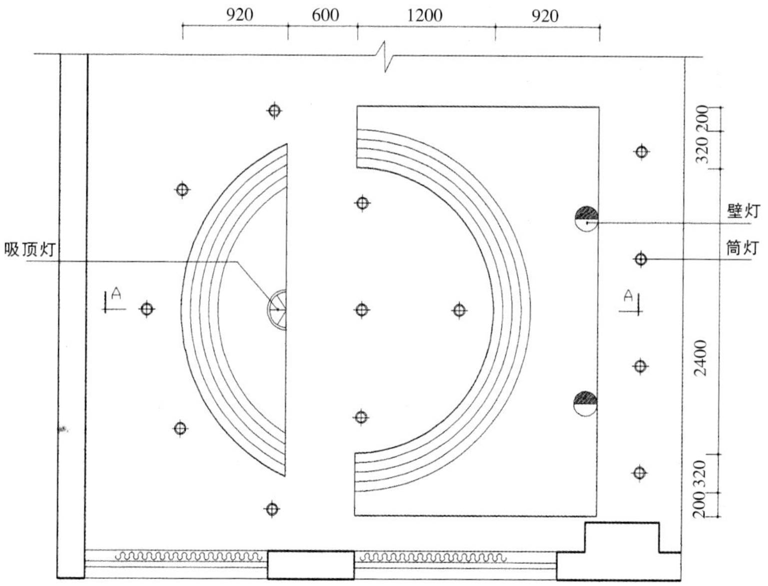

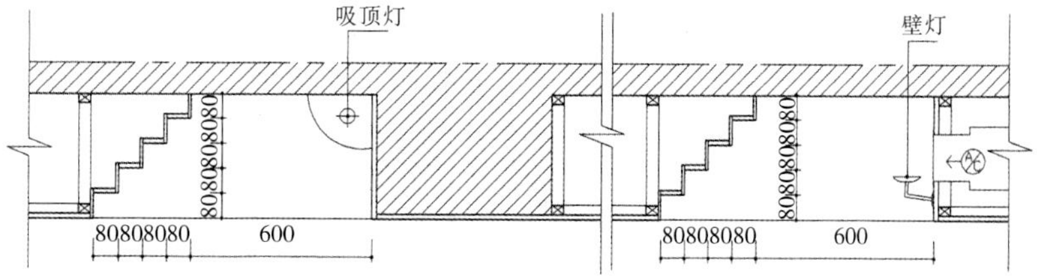

■ 块状采光顶棚与墙上

■ 通过朝天灯将灯光投在顶上，可以让空间感觉更高。

一点灵犀

● 在餐桌的一角摆上一盏小桌灯或烛灯，作为最后一道餐点时使用。

● 精美的吊灯是餐厅空间装饰的重要部分。

餐桌上方选
柔软造型小
的吊灯，与直
背景的线条
简洁的家具
型有着强烈
点、线、面对
效果。

■ 彩色灯为就餐空间添加一份情趣。

延长卤素灯泡的使用寿命

卤素灯的使用寿命为2000~
00小时，带镇流器的低压卤素
比标准电压的卤素灯寿命长。
意灯泡表面的清洁，人手上的
脂和沾上的灰尘会减少灯泡的
用寿命。

■ 现代的灯饰与整体装修格调和陈设十分协调。

■ 灯饰的流线造型给餐厅带来一份情趣。

THE RIVER CAFE COOK BOOK

空间更具雕塑丰韵。

餐桌上方的吊灯，为就餐提供了重点照明，其造型流畅、简洁，点与线的构成富有雕塑感。

■ 墙面的灯槽设计可以丰富墙面的分割变化，增加墙面的立体层次。

■ 一字排列的灯具与长方形的餐桌相对应。

圆环形灯具与餐桌造型和谐统一。

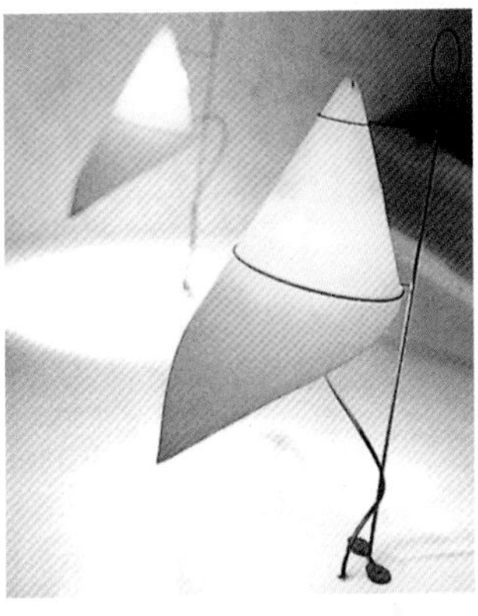

采用流线造型的灯具，富有韵律美。

台灯底座采用线的构成形式，更显轻巧独特。

灯具亦是一件艺术品。

■ 玻璃餐桌下透出的灯光，使台面晶莹剔透，营造出浪漫的艺术气氛。

■ 墙面的灯光起到主照明和装饰照明的作用。

卧室篇

我们一生中有很长时间是在卧室中度过的，适宜的灯光环境显得尤为重要。卧室不仅是睡眠休息的场所，它还提供休闲小坐、阅读、家务活动的空间。因此，在策划照明方案的时候，需从卧室的功能着手。

卧室的顶部需要一盏吸顶灯或均匀排列的筒灯作为主照明，使整体空间获得充足的采光，便于家务劳动。

除主照明之外，床头位置还应设计另一种功能的照明，即为阅读而设置的工作照明。台灯是通常采用的照明灯具，在选择时台灯的遮光性很重要，不同的遮光罩有不同的美感，同时会使光线照在您的阅读材料而又不至于打扰床上的家里人。还可以根据不同的阅读习惯或床头柜的大小，选择造型较为小巧而又可灵活调节照射角度的台灯，或是可嵌在墙上的照明灯具。

卧室梳妆镜前还应设置镜前灯或壁灯、台灯。可考虑与床头格调一致，但又较为小巧的灯具。

在设计好主要的功能照明之后，间接的装饰照明设计是您在营造温馨环境时不可缺少的重要环节。装饰照明可以和床头背景的立面造型相结合，产生柔和的背景灯光，也可以是局部的射灯，与您的艺术收藏品相映成趣。

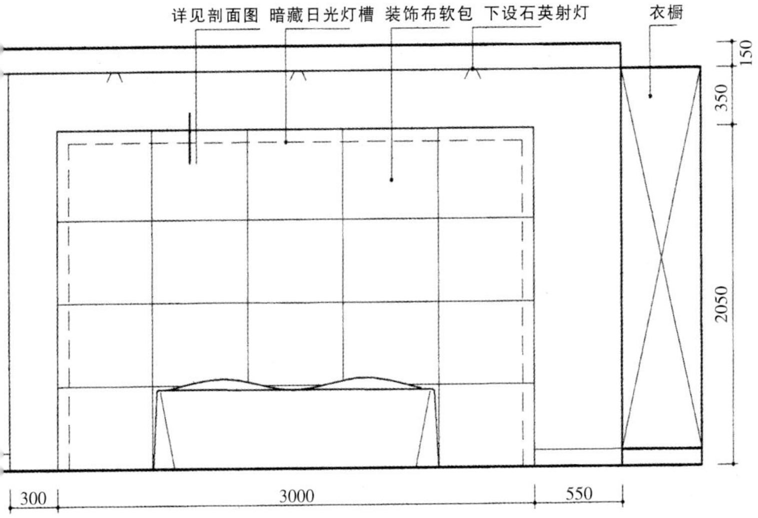

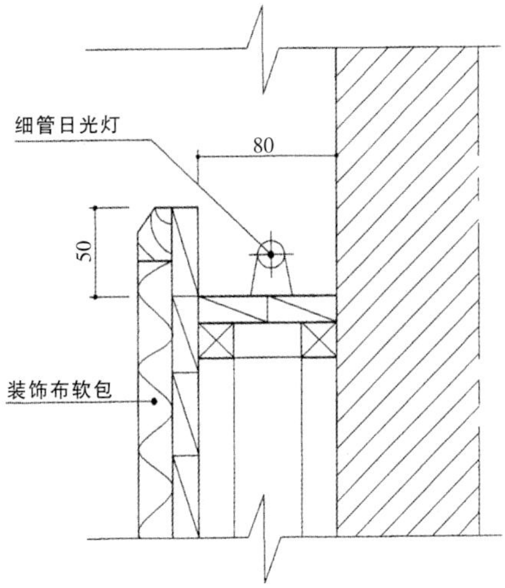

■ 灯槽突出床背的整体轮廓，同时顶部的筒灯使软包墙面更富立体感，落地灯的摆设打破床两边的对称，产生“变异”之美。

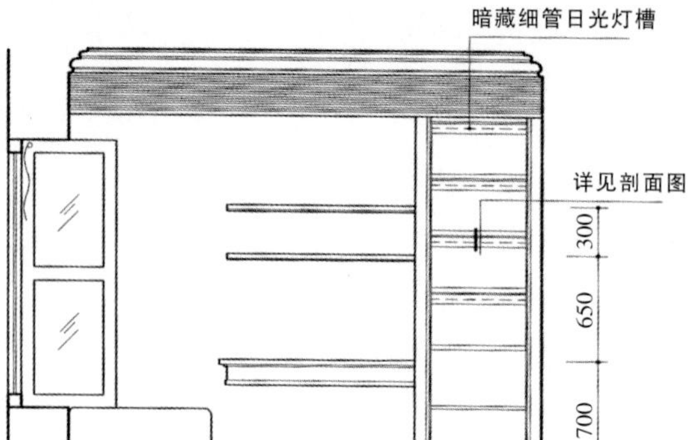

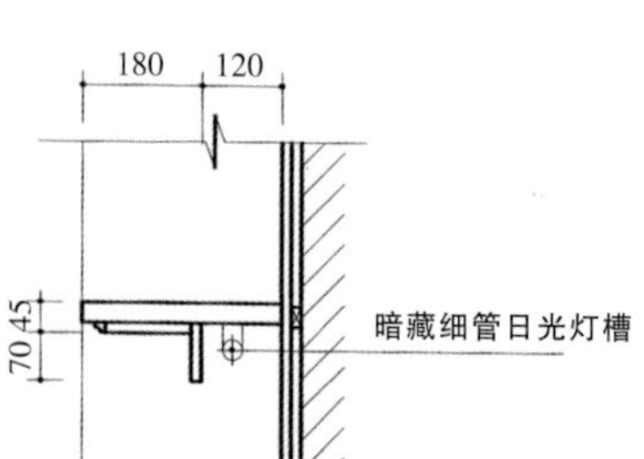

■ 陈列柜的灯槽设置使层次更分明，其安装的位置和手法十分巧妙。

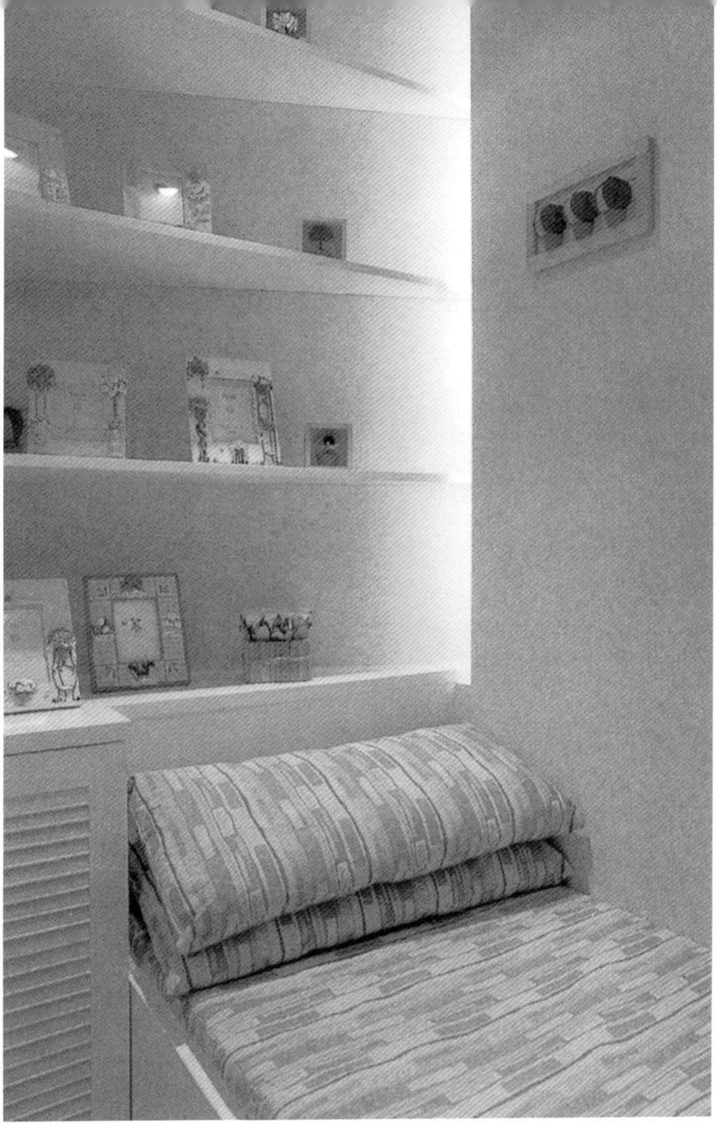

灯光与层板对应得当，位置巧妙。

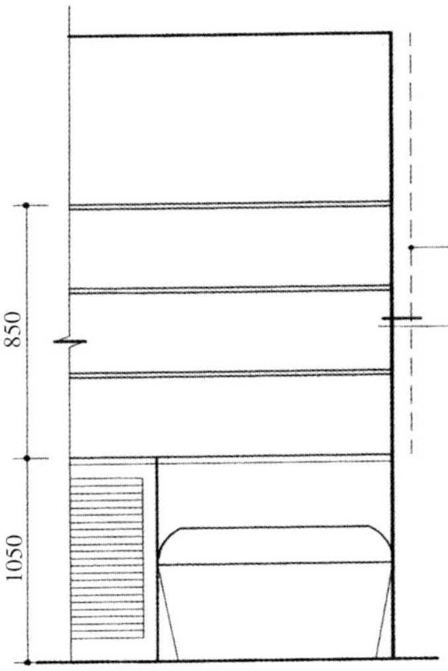

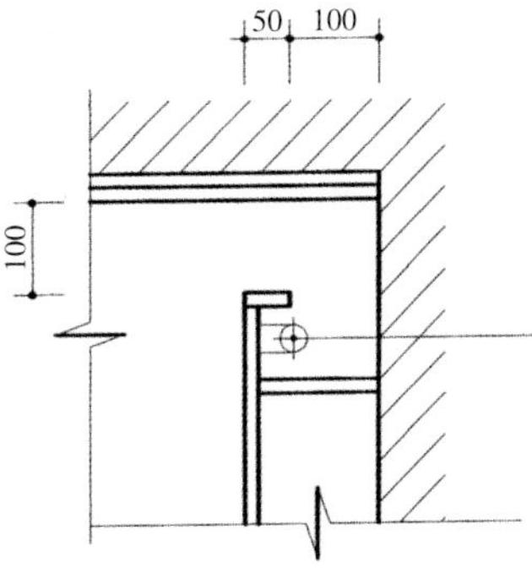

■ 床背上方的灯槽起到整体照明和装饰的双重作用。同样的灯具因其所在的位置不同，灯光效果也不同。

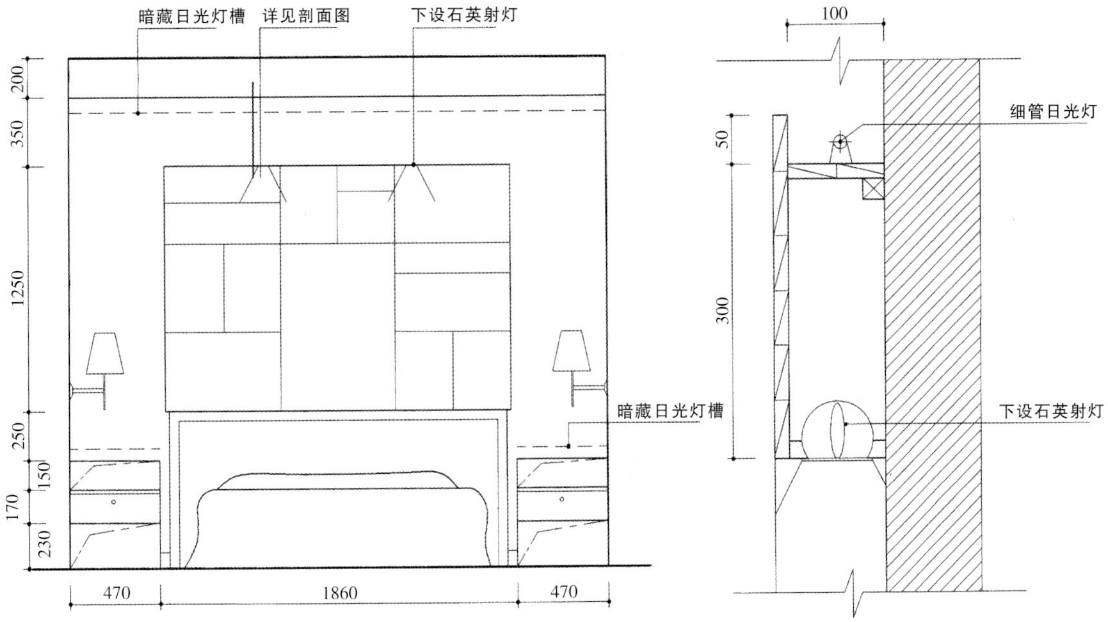

■ 卧室可以选择灯槽作为主照明,其灯光柔和,可避免直射人的眼睛。

■ 台灯的曲臂结构便于调节照明角度。其现代的造型与床边的抽象雕塑相得益彰。

■ 灯具和开关插座安装的高度

普通家居的客厅高度在 2.6 米左右，吊灯的离地高度愈高愈好。餐厅的吊灯一般应高出桌面 1 米。

壁灯的一般安装高度为高 1.8 米，房间高度达到 2.8 米时应距地 2 米。开关的安装高度距地 1.3 米，普通插座的安装高度距地 30 厘米。书桌和窗头柜位置的插座安装高度视家具的高度而定，一般应距桌面 10 厘米。

■ 灯罩的鲜花纹样十分别致，其色彩也和床上布艺的颜色协调统一。

■灯柱已逐渐成为现代家居的艺术摆设。

■ 灯具样式与床背造型形成点面协调。

台灯纤细的立杆显得格外轻巧。

顶棚灯光给读书和休闲提供照明。

往墙上射的灯光在强调艺术品的同时，将视觉上升，避免沙发上的人受到直接的照射。

■ 射灯照明衬托衣橱的别致设计，使其变异的艺术效果更加突出。

■ 射灯照明突出了衣橱门的材质变异效果。

■ 顶部的射灯给台面提供重点照明。

■ 灯槽的间接光让卧室笼罩在温馨的气氛之中。

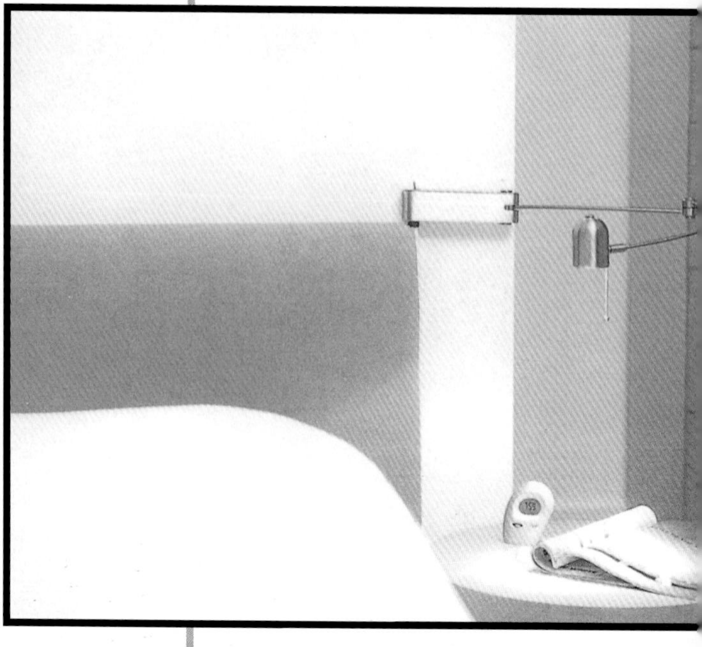

台灯、装饰画构成三角的对应关系。

台灯式样简朴、实用。

■ 陈列架的灯光既是重点照明，也是卧室的辅助照明。

摆臂式灯具的灯罩为金属制成，遮光效果好。

螺旋状的灯罩给人以动感。

■ 台灯的底座尽量小，避免占用台面空间。

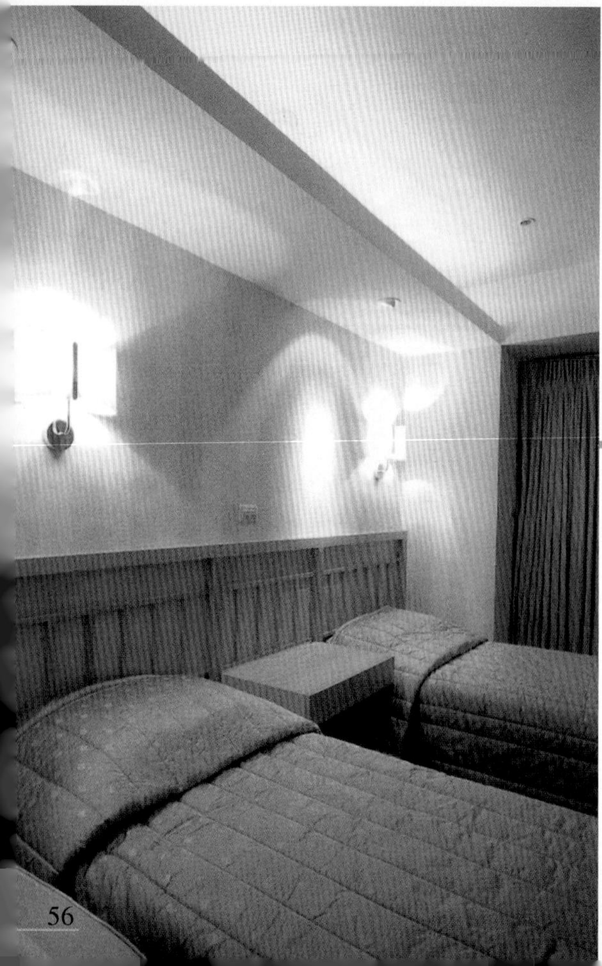

■ 卧室采用灯槽的形式作主照明，其折射的灯光更加温馨、柔和。

■ 毛绒绒的灯罩与床上布艺协调配套，给卧室增添一份温馨和柔情。

一点灵犀

- 壁灯和落地灯为床头重点照明，可避免占用床头柜空间。
- 间接光槽能产生柔和的光线。
- 卧室主照明尽量避免使用吸顶灯或吊灯，多采用隐藏式灯光设计，让顶部显得柔和。
- 儿童房里安装一盏夜灯，以免小孩夜间突然惊醒。
- 自己动手制作儿童房里的台灯灯罩，更能迎合不同成长期儿童个性。

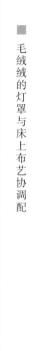

■ 悬空的床头柜可以将插座安装在下方。

■ 卧室的照明以局部重点照明方式为主。

■ 床下的灯光让床有悬浮之感。

■ 墙面层架上的灯光也可作为床头的灯光。

■ 圆形吊顶与弧形落地窗之间的呼应关系，通过灯光来加以衬托。

■ 梳妆台可以通过顶上的筒灯来照明。

■ 古朴的台灯灯具造型与家具的风格和谐统一。

书房篇

书房的照明环境应文雅幽静、简洁明快。其照明形式由主照明和工作重点照明组成，以主照明满足书房的使用功能对照明的基本需要，以工作重点照明对主照明进行补充。由于书房特定的使用功能，在书房灯饰设计中，工作重点照明的设计 比主照明的设计更加重要。它直接影响学习的效率和眼睛的健康。

通常，书桌是工作重点照明的位置，其灯具大多选择台灯、落地灯。在选择灯具时，应注重灯具的聚光性和照明角度的可调节性，同时注意所选择的灯泡的色温、亮度应与眼睛视力相适宜。另外，灯具的造型款式应与整体的装饰格调协调统一。书房中的书橱位置也应设计工作重点照明，可采用筒灯或射灯。让书架上的每一本书都能显而易见，便于取放。

■ 顶部的灯槽是书房的整体照明。台灯和吊顶下方的筒灯作为阅读和办公的重点照明。

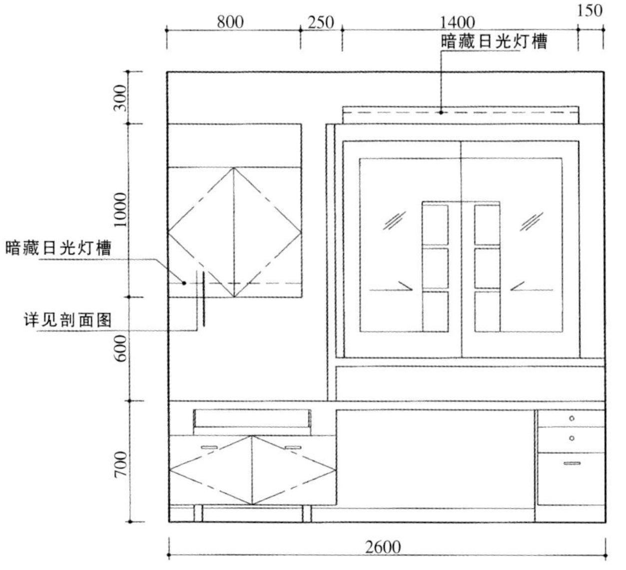

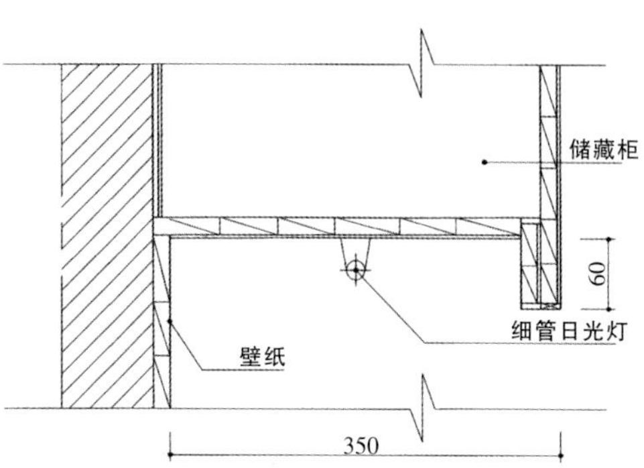

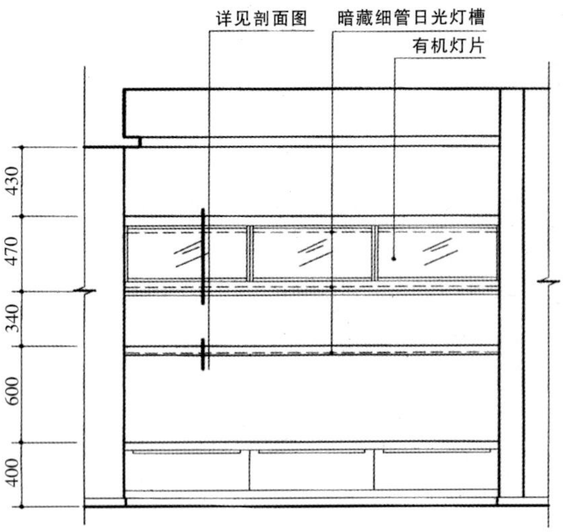

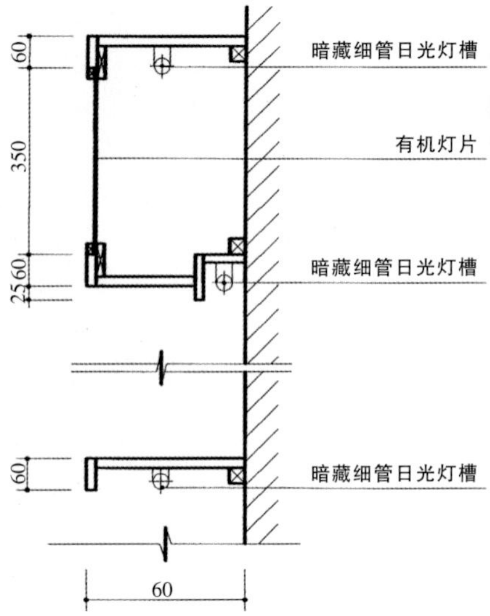

■ 隐藏式日光灯槽与层架结合，更富有层次感。

灯具造型是书柜整体造型的一部分。

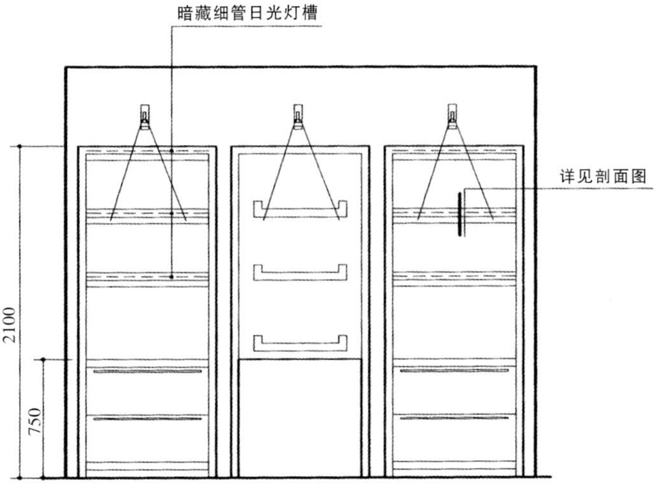

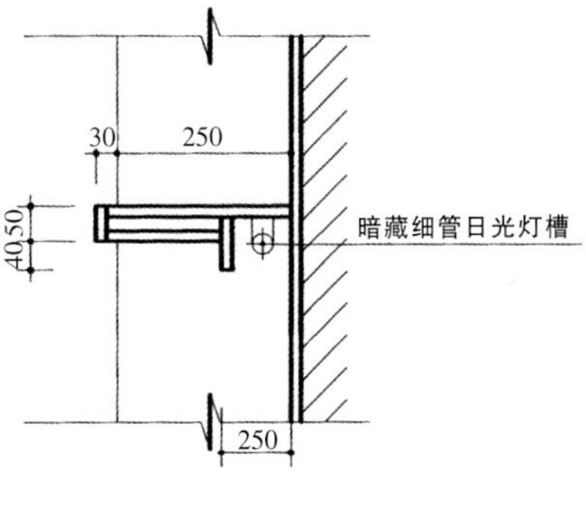

■ 顶部筒灯作为梳妆照明，小台灯作为读书时的重要照明。

将顶部的筒灯作为重点照明，避免占用台面空间。

顶部的日光灯槽构成房间的主照明。

厨房篇

厨房灯饰设计应强调功能性，以工作照明为主。照明方式分为主照明和工作照明。

主照明是让整个厨房空间获得整体的照明，多采用日光灯或筒灯。

工作照明是厨房灯光设计中重要的环节。工作照明通常采用细管荧光灯安装在吊橱的下方，使厨房的操作平台获得充足的光线。它带来的不仅是方便实用，同时也使空间的灯光效果变得丰富，避免主照明下的墙面阴影。在没有吊橱的操作平台上方采用灵巧的小型吊灯作为工作照明的重点，其“味道”也别具一格。

吊橱的局部采用开放式设计并结合射灯，作为空间的点缀装饰照明，也是现代设计中常用的手法。

黄色的工作照明与木质橱柜的色彩协调。

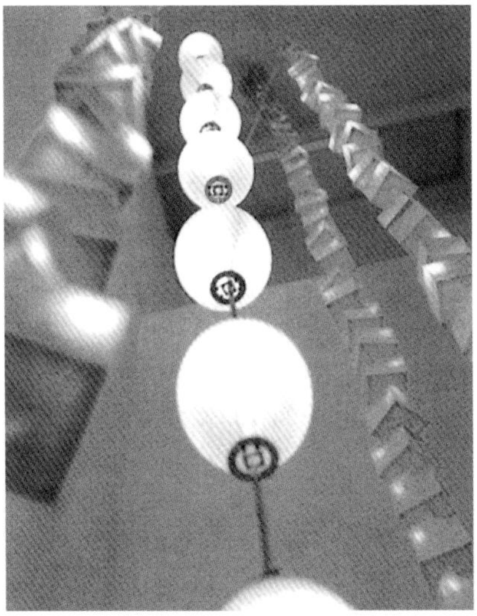

复式空间采用造型连续、重复的吊灯。

几何构成的灯具显得简洁、现代。

■ 吊灯与橱柜造型构成统一的整体。

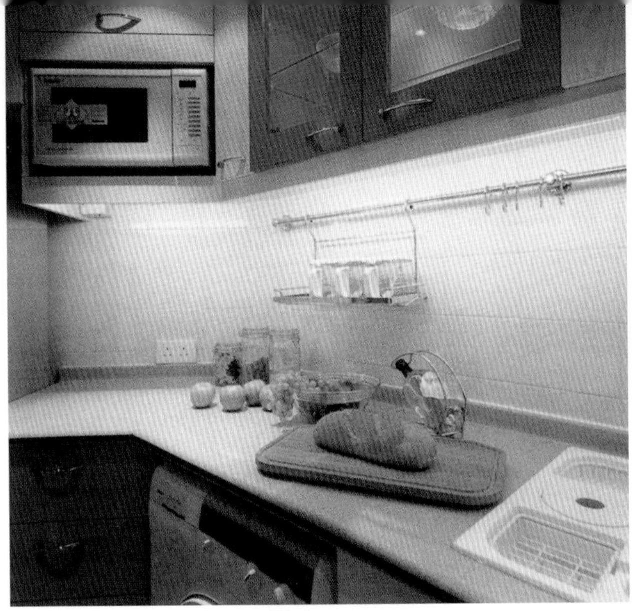

■ 吊橱下方的日光灯使操作平台部分有充足的采光。吊橱部分色彩改变和橱内灯光的设置是一种『变异对比』的设计手法，产生明快亮丽的艺术效果。

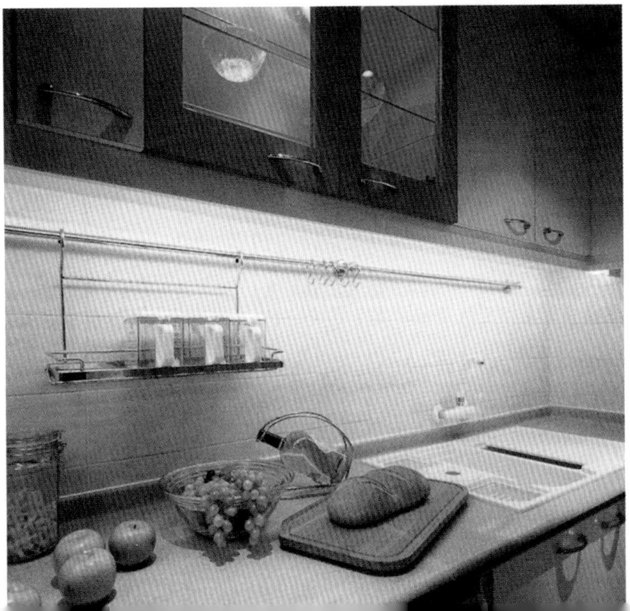

■ 如何选择荧光灯

荧光灯是既能获得良好的照明效果，又很节能的照明灯具。在现代灯饰中可以作为照明、重点照明和装饰照明使用。荧光灯的瓦数和管径有不同大小规格，应根据其使用功能和安置位置的尺寸而定。白色荧光灯分冷白色和暖白色两种色调，在使用中应注意选择。

■ 灯光可使吊柜局部成为空间装饰的亮点。

■ 不锈钢灯具与操作平台在材质上取得统一，灯架的结构造型精巧、现代感强。

■ 家居灯饰中常用的灯泡

白炽灯泡最为常用，安装和维护比较方便，灯光效果好，但不够节能。

卤素灯泡用来作射灯照明，属低压照明系统，具有节能、亮度高的特点。

节能灯泡和荧光灯泡属低照明系统，比常用的白炽灯节能 3~5 倍。节能灯泡和荧光灯分冷暖两种色调，使用荧光灯时应选择电子镇流器。

并列的吊灯和长形的餐桌相对应。

吊橱下的灯光作为厨房的工作照明。

窗前的射灯作为工作照明的补充。

工作照明是不可或缺的照明方式。

■ 并列的吊灯与长条形的餐桌相对应。

■ 鲜艳的灯具色彩可以活跃就餐气氛。

卫浴篇

在当代居室装修中，浴室的装饰和设备配套常作为衡量整体居室装修档次的主要标准。浴室的照明在注重安全和实用的同时，还应讲究浪漫的气氛与高雅的格调。当你着手规划浴室里的照明时，一定要将里面所有的设备以及个人的工作、生活习惯都考虑进去。特别是喜欢边浸浴边看书，或沐浴时刮胡子的人，就更得费心琢磨了。

水与电是一种致命的组合，因此，在浴室里绝对要比家中的其他地方更兼顾照明设备的功能性与安全性。

洗面台位置的灯光设计和灯具选择是浴室灯光设计的重点。设计时应注意灯槽或壁灯照明方式与镜面相结合。洗面台上方采用吊灯作为重点照明是近来采用的设计手法，通过灯具本身造型的美感，产生异样的艺术效果。

洗面台位置的灯光应选择暖色光源，它不但具有美化肤色的功能，而且具有松弛压力的效果。

洗面台依墙角而立，单独一盏灯光照明，可产生别致的视觉效果。

吊灯如飞碟般悬挂在洗面台上方，空心玻璃砖墙让日光倾泻进来，整体风格贴近自然。

■ 镜面上下的灯槽是构思的亮点。

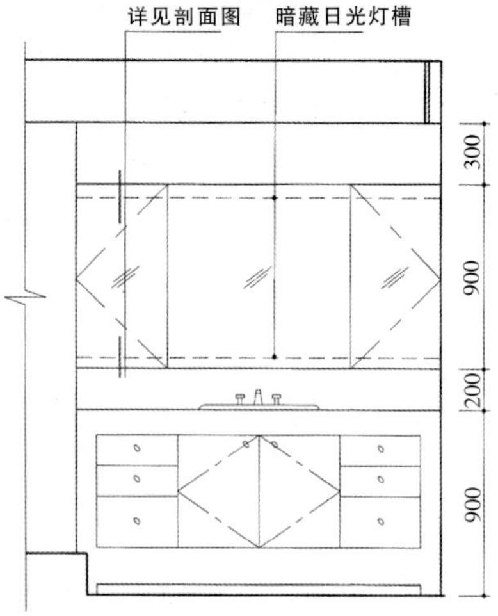

■ 利用梳妆镜背后的空间作储藏柜和灯槽。洗面台的玻璃台面和下方的灯光，使洗面台感觉轻巧、悬浮。鹅卵石摆设更增添趣味。

■ 不显眼的嵌入式射灯，体现一种简洁的风格

增设一盏筒灯作为沐浴时的照明。

壁灯沿弧形墙分布，由镜子映射出对面墙上的一排灯饰。

壁灯不仅可以照明，而且造型也很别致。

■ 暗藏灯光的设计形式，可以和吊顶的造型相结合，避免太多的明装灯具，让吊顶造型更简洁。

■ 镜前灯比壁灯射出的光线更柔和明亮，是为洗手和修饰而设置的。

■ 灯饰与云纹图搭配成满天星灯，能给人以遐想。

■ 镜前壁灯照明是近年常用的设计手法。

■ 灯槽装在洗面台下方，使之产生悬浮感。

■ 当镜子的面积较大时，可以通过点缀壁灯照明来增加装饰效果。

■ 灯具造型与装修风格和谐统一。

■ 墙壁与天花板搭接的位置是隐藏日光灯槽的最佳的地方，折射后的灯光均匀柔和。

■ 折射后的灯光更加柔和。

■ 应避免灯光直射人的面部。

■ 楼层较高的空间适合使用吊灯作为照明。

■ 灯光从镜面的磨砂位置透出，这种灯饰的作法与装修的联系更紧密。

■ 灯具的造型应结合不同的空间形式。为洗面台的整体造型而设计的扇形灯饰，造型典雅，形式统一。

■ 以壁灯作为照明可以不受吊顶形式的限制，尤其适合层高较高的空间使用。

■ 镜面上方的壁灯作为装饰照明，镶嵌在镜面上的两排灯泡作为重点照明。

■ 通过镜面的映像，浴室的灯饰具有了对称的整体感。